귀로

귀로
유영복 시집

초판 인쇄 | 2011년 04월 15일
초판 발행 | 2011년 04월 20일

지은이 | 유영복
펴낸이 | 신현운
펴는곳 | 연인M&B
기 획 | 여인화
디자인 | 이수영 이희정
등 록 | 2000년 3월 7일 제2-3037호
주 소 | 143-874 서울특별시 광진구 자양동 680-25호(2층)
전 화 | (02)455-3987 팩스 | (02)3437-5975
홈주소 | www.yeoninmb.co.kr
이메일 | yeonin7@hanmail.net

값 8,000원

ⓒ 유영복 2011 Printed in Korea

ISBN 978-89-6253-081-0 03810

귀로

연인푸른시선

13

유영복 시집

연인M&B

낡은 스케치북 속 오래된 수채화 그림처럼

아련히 떠오르는 어릴 적 추억들

다시 돌아갈 수 없어 마음 아프고

가슴 쓰라린데 이것도 무슨 병인 듯

소주 한잔 아니면 밤마다 잠 못 드는 걸까

떠나 버린 사람들이 그리워

바다에도 가 보고

멀리 있는 친구들이 보고파

앞산 뒷산도 올라 보지만

자꾸만 등 돌리고 멀어져만 가는 세월

행여 기억 저편으로 사라질까

흔적들을 짜고 엮어서 부족하나마

첫 시집을 내는데 왜 자꾸만

부끄러운 생각이 앞서는지 모르겠다

문학文學이라는 걸, 시詩라는 걸
개뿔도 쥐뿔도 모르는데
이 알량한 시집 한 권이
본의 아니게
내 자랑이 되었다면
내 선전이 되었다면
그리고
조금이나마 잘난 체했다면
정녕 미안하오
정녕 용서를 비오
친구들이여!
지인들이여!

2011. 4
유영복

제2부 탈랑

제3부 너의 이름

제1부
귀로

귀로歸路

길을 걷다가 문득 지나온 길이 그리워
되돌아갑니다

조금 가다 보니 주막집이 나옵니다
막걸리잔 속에는 중년의 사내가 술에 취해
쓸쓸히 걸어가는 뒷모습이 보입니다
막걸리 한 모금으로 목을 축이고
또 한참을 갑니다

우물이 나옵니다
우물 속에는 우물가 옆집 소녀를 짝사랑하던
까까머리 중학생이 두레박으로 물을 길러 세수를 하고
장다리꽃 무성한 넘새밭 가에서 하모니카를 불고 있습니다
물 한 모금으로 목을 축이고
또 걸어갑니다

개울가가 나옵니다
개울물 속에는 개울물에 떠내려가는 검정 고무신을 바라보며
어린 소년이 울고 있습니다
그리고 배가 고파 집으로 돌아가는 뒷모습이 보입니다
배고픔에 지친 걸음으로 또 걸어갑니다

막다른 골목길 끝에 토담집이 나옵니다
여기는 1962년 3월 13일 새벽 4시 작은 시골마을
갓난 사내아이가 태어나 "응애" 하고 우는 소리가
어둠 속에서 들려옵니다

그리고 길은 막히고 더 이상의 길은 기억나지 않아
되돌아옵니다

검정 고무신

개울물에 떠내려가는
검정 고무신 한짝
그리고 남아 있는 한짝 옆에
우두커니 눈물짓는 어린 소년

세월은 물처럼 흘러가고
그리운 사람들도 떠나가고
그리고 아직도 그 자리에
우두커니 남아 있는 늙은 소년

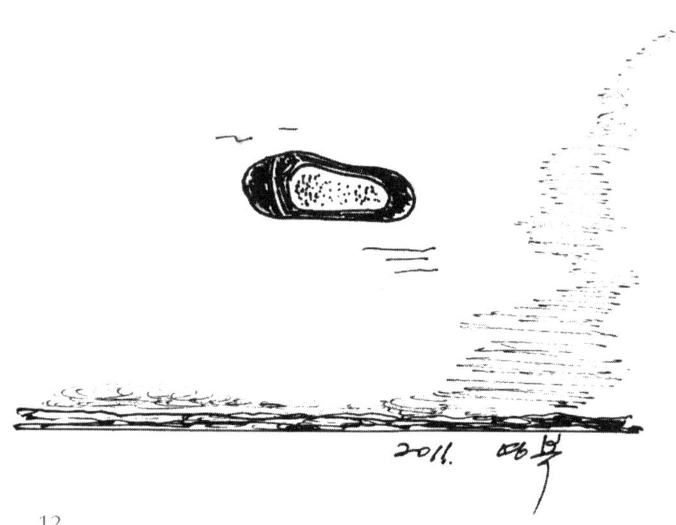

술 취한 아이들

멀쩡한 고무신 엿 바꿔 먹던 그때는
밀주 담던 술찌게미로
굶주린 배 채우고 학교에 가
취해서 잠자는 아이들이
더러 있었다
딱한 마음에
선생님은 못 본 체하신다
다 그런 세상이었으니까

그때 술 취한 아이는
지금도 취한다
해 질 녘 뒷산에 올라
막걸리에
추억에…….

엿장수

소시적,
엿장수의 기막힌 하모니카 솜씨에 미쳐
하모니카를 배우려고
학교에 가다 말고 엿장수를 따라다녔다

아이들에게는 동요를 불러주고
어른들에게는 뽕짝을 들려주고
엿 은 그냥 공짜
엿 드시다가 틀니가 빠진 할매에게는
신청곡 받아 노래 한 곡 보답하고
출출한 할배들 막걸리값 선뜻 내주고
혼자 사는 할매 두레박도 고쳐주고
헐거워진 뒷간 후타리도 메어주며
이런저런 동네 궂은일 마다않고
두루두루 챙겨주던 엿장수는
이곳이 1.4후퇴 때 피난 오기 전
황해도 시골 마을 고향 같다며
〈황성옛터〉 하모니카 한 곡조
자지러진다

죽었을까 살았을까
황해도 고향으로 돌아갔을까
사람 좋은 간첩이 어데 있냐고
할배, 할매들 지서에 가 따져 보지만
한식 다음 다음 날 이후 소식이 끊겼다

"아빠, 하모니카 어데서 배웠어?"
"응, 엿장수"
〈섬아기〉 한 곡 하모니카 연주에
두 딸이 스르르 잠이 드는 밤
어데선가 나지막히 들려오는
엿장수 하모니카 소리
눈떠 보니 꿈속인 것을…….

삽

자전거 옆구리에 낀 삽 한 자루
건탈없이 가는 장날에는 길동무
출출할 때 가는 주막에는 술동무

흥겨울 땐 어깨에 메고 산비탈 밭에 오르고
힘겨울 땐 지팡이 삼아 아랫논 물꼬를 트고

마지막 가시는 날
곱게 몟장 입혀 주고
이제는 홀로 낡은 헛간에 걸려 있는
삽은 삶이었다

우리 아버지에게는…….

누룩소

아버지 헛기침에 새벽은 열리고
외양간 누룩소 풍경 소리 아직은 희미하다
어제 논갈이 고달픈지
여물은 먹지 않고 딴청만 피우다
비라도 내려야 하루라도 쉴 텐데
짠한 생각에 목덜미라도 쓰다듬어 주면
선善한 눈 끔벅끔벅
그제야 여물을 먹고 아버지보다 먼저
앞장서 논으로 간다
얼마 되지 않는 가난한 우리 집 땅마지기
반은 아버지가 이루시고
반은 누룩소가 이루었다

왁자

아버지—
"과혀" "과혀" 하면서도
권하는 술 마다않던 아버지는
술이 왁자셨다

술친구—
가끔 만나 술 한잔 나누는
내가 사는 지구대에 근무하는
경찰관 환석이 친구와
내 딸년이 다니는 고등학교에서
한문 선생 하는 호석이 친구랑
함께한 술자리에서
내 초등학교 여자 동창을
장난삼아 술이 왁자라 했더니
지금도 만나면 왁자 씨라 부른다

왁자—
어릴 적 어른들 술자리에서
많이도 들었던
구수한 전라도 사투리
"'왁자'가 뭔 말이당가
시방 젊은이들
한번 마차 보랑께"

산지기

제비등 방죽 너머 산지기
시래기 무국에 꽁보리밥 허천나도
양차게 한번 먹지도 못해 보고
등골 뼛골 빠지게 일만 해서
자식놈 서울 아무게 법대 쩌억 달라 붙여 놓고
장날 우쭐대며 좋아라 했는데
그 자식놈 군대 마치고 와서 판, 검사 된다고
한 이태 뒈져라 공부만 하더니
어이쿠 그만 글귀신 걸려 미쳐 버리고
그 아비 홧병에 눈도 제대로 못 감고 세상 뜨고
그 어미는 시름시름 앓는데
그 자식놈 아비 제삿날 잡는다고 키운 씨암탉
모가지를 휙 비틀어 처발라먹고
아이고 하느님!
이년이 전생에 무슨 죄를 지었길래
자식놈 팔자가 이런다우 땅이 꺼져라
한숨 쉬는 지어미에게 이년 저년 욕하며
대드는 뿔따구 한번 지대로다
쯧쯧쯧쯧
미쳤다
완전히 미쳤다

전설傳說 1

마을 뒤 오막골에
꿈적도 않고 혼자 사는 미친 여자
어쩌다가 신작로를 따라 읍내에 나타나면
미신처럼 비가 내려

극심한 가뭄이 들던 어느 해
동네 어른들의 비밀스런 작전(?)에
동네 노총각 미친 여자에게
팔자에도 없는 하룻밤 장가가고
그 충격으로 미친 여자가 읍내로 나서던 날
비는 억수로 쏟아져
노총각네 집은 무너지고
거짓말처럼 노총각도 미쳐 버렸다

읍사무소 청소 리어카를 끄는 만복이 결혼식 날
비는 주절주절 내리고
막걸리잔을 기울이면서도
그때 그 이야기를 꺼내는
동네 어른은 아무도 없었다
미친 부부만 히죽 헤죽 웃기만 할뿐

전설 2

해거름 처마 끝에
거미 한 마리 줄을 타고 내려오면
도둑이 들 징조라며
옆집 할매는
잿빛 왕거미 한 마리를
부지깽이로 죽인 것 외에는
정말 아무 일도 없었던 어느 더운 여름날
도시에서 줄을 타며 고층 건물 유리 닦아
먹고살던 하나밖에 없던 아들이
떨어져 죽었다는 전보電報에
옆집 할매도 줄에 목을 메달았다

정경유착政經癒着

턱고을 주막부터 뒤고을 주막까지
막걸리가 싱거운 오늘은
면장님보다 서넛 살 많은 면서기가
양조장에서 고스톱 한판한 게 분명하다

양조장 사장님은 치는 둥 마는 둥
귀찮아 상납하듯 잃어 준 돈만큼
막걸리에 맹물을 부으면 본전本錢
면서기는 그래도 부족한지 또 잿말 정미소로 간다
막걸리가 싱겁다는 말馬집 영감님의 원성은
듣는 둥 마는 둥

기차 구경

비 오는 날 새벽에
기적 소리로만 들려오던 기차를 보기 위해
왕복 100리가 훨씬 넘는 신작로 길을
째이, 재천이 두 놈을 짐받이 자전거에 태우고
정읍역井邑驛에 도착하면
무심한 기차는 벌써 정읍역을 지나
입암 신면역 가파른 잿등을 넘는지
뿌―앙 악을 쓰며 달리는 소리만 들려온다

고구마 서리로 허기진 배 달래고
터덜터덜 때방죽에 돌아올 때면
해는 뉘엿뉘엿 서산에 걸리고
어릴 적 하루는 또 그렇게도 지나갔다

친구

술보다 더 좋은 친구야!
새우깡 하나에 막걸리 한잔
우리들 가슴속보다 더 좁은
이 세상을 등지고
비틀비틀
어깨동무
함께 떠나가자

지나온 날들을
더듬어 더듬어
자꾸만 자꾸만
뒷걸음쳐 뒷걸음쳐
거슬러 가면
어릴 적 발가벗고 놀던 시절로
돌아갈 수 있을까
술보다 더 좋은 친구야!

주는 정 주는 사랑

고향에 갔더니
어릴 적 동무들은 오간 데 없고
나만 이방인처럼
연꽃 핀 앞방죽만 빙빙 돌다
그리워 그리워 바라보는 하늘에
낙서 한 줄 적어 본다

"酒=情 酒=사랑"

이제 훌쩍 크다 못해
늙어 버린 어릴 적 동무들에게
추억이 서린 이곳에서
정과 사랑을 가득 담은
술 한잔을 주고 싶다

가난

물려받은 유산이라고는 가난뿐이다
어릴 적부터
돈을 만져 보지 못했으니
돈 버는 재주가 있을까
일자리 마저 잃고
빈둥빈둥 놀다 보니
조금 있던 재주마저 잃어 버렸다
버는 재주 없다 보니
쓰는 재주도 없어서
그나마 다행이다
아내의 사업은 잘되서
아내와 자식들은 부자지만
아내가 준 용돈은 푼돈
술 몇 잔 하다 보면 빈털터리
나는 또 가난뱅이다
오랫동안 가난하게 살아
가난에 익숙해진 습관 때문일까
가난하게 살아온 날들이 행복했고
가난하게 살아갈 날들도 행복하다

상심傷心

내 여동생 하늘로 간 지 딱 1년
눈물이 보일까 봐
하늘을 보니
비가 먼저 술잔에 뚝뚝
그래서
마음껏 울 수 있었다
내일부터는 마음껏 웃기 위해서…….

하늘 1

어릴 적,
그때는 하늘이 노란 줄로만 알았다
배고픔에 바라본 하늘이
현기증이 나도록 노랗었다
그래도 하늘이 좋아
온종일 하늘만 바라보았다

하늘이 파랗다는 것을
세월이 또 그만큼 흘러서야 알았다

하늘 2

하늘이 참 좋다
먼 훗날 가야 할 곳이기 때문만은 아니다
어릴 적 추억들을 새길만큼
참 많이 가질 수 있어 좋다
그리운 사람의 얼굴들을 그릴만큼
참 많이 가질 수 있어 좋다

가지고 싶을 만큼 참 많이 가져도
딴지 거는 사람이 없어 좋다
세상 사람들도
하늘을 참 많이 가졌으면 참 좋겠다

하늘 3

30년 전 형님이 먼저 떠나가신 뒤
3년 후 아버지가 떠나셨다
그리고 오랫동안 괜찮았다
정말로 괜찮았다
3년 전
여동생 미녀美女가
연기되어 하늘로 떠나갈 때까지는…….

하늘이 참 슬프다

여동생 제삿날

맑은 날 내가 가는 길을
앞서 가던 그림자야!
오늘은 어데 간 거냐?
내 여동생 잠든 곳에 먼저 갔나
빗물에 쓸려 갔나

그래 비가 오는구나
오는 줄 모르고 맞았구나
그냥 마음 아프고 슬퍼서—

저세상으로 먼저 간 너도
자식들 그립고
어머니 보고프고
형제들 생각에 슬피 우는 거구나
네 제삿날
이토록 비가 내리는 걸 보니—

발길도 뚝 끊어 버린 안安 서방은
제사상이나 차려 놓는지 모르겠다

할미꽃

언제부턴가 어머니 움푹 파인 눈가에
뒷산 묘지 위 할미꽃이 피었습니다

아주 옛날
기억도 희미한 그 옛날
뒷산 묘지 위 할미꽃을 보고
어머니가 되기 전 어머니는
어머니의 어머니를 생각했듯이
나도 할미꽃을 보고 어머니를 생각합니다

줄줄이 낳은 자식들
봄날 개나리꽃 울타리가 되었어도
먼저 저 하늘로 보낸 자식
기억도 못하는지
왜 그년은 안 오냐고
명절날이면 자꾸만 묻다가
넷째 고모 죽었어요
철없는 손주년 말에
이내 눈물 한번 훔치고
에둘러 딴짓 하십니다

언제부턴가 어머니 움푹 파인 눈가에
뒷산 묘지 위 할미꽃이 시들어 갑니다

돌아가고 싶다

나 처음으로 돌아가고 싶다
어머니 가슴에 묻혀
젖 한 모금에 배부르고
어머니 가슴에 묻혀
심장 소리 즐거운 노래로 들리는
나 처음으로 돌아가고 싶다

나 나중에 돌아가고 싶다
내려놓고 갈 짐도 없고
짊어지고 갈 짐도 없는
이 세상 무탈하게 살다가
어릴 적 한참씩 바라보던 하늘로
나 나중에 돌아가고 싶다

다세대주택

억새풀 우거진
시골 고향 집은 다세대주택
대문도 없는 마당 입구에는 개집
칙간 옆에는 돼지우리
작은 부엌에는 소 외양간
토방 위 처마에는 제비집
모퉁이 서까래 사이에는 참새가 살고
그 옆에 매달려 있는 벌집도 한 채

언제부턴가
그들은 떠나가고
늙으신 어메만 홀로 쓸쓸하다
어찌할까나
어메마저 저 하늘로 떠나 버리면
억새풀만 더 무성할 텐데…….

토담집

하루 벌어 하루 먹고 살기는
그래도 서울이 낫다며
논밭뙈기 팔고 서울로 이사 간 큰동서

노름에 미쳐서 노름빚이 한둥인 채
서울로 야반도주한 면서기

중학교 졸업하고 고등학교 대신
서울 구로공단에 취업 나간 옆집 불쌍한 순임이

이런저런 구실로
서울로 서울로 떠나간 사람들은
언제나 돌아올까나

논밭에는 잡초만 무성해지고
토담집 모퉁이는
자꾸만 자꾸만 무너져 가는데…….

비

비가 내린다
비 내리는 날에는
어머니 뱃속 양수에서
호흡하며 잠자던
태아 적 기억 때문일까
마음이 차분하다
몸도 편안하다
그래서,
잠도 더 오나 보다
나같이 천성적으로
게으른 사람은
온종일 잠이다
자고 또 자도
비가 내린다
꿈속에서도
비가 내린다

자유

주머니에 돈 없으니
가고픈 곳도 못 가고
하고픈 일도 못한다
자유도 돈 주고 사야 하나?
서울 응암동의 이종형은 자꾸만 오라는데
가서 막걸리도 한잔 하고픈데
빈손으로 나설 수 없어
대답만 건성이다

빈털터리지만
그래도 넉살은 좋아
정읍 바닥에서
술이나마 굶지 않고 사는 것도
그나마 다행이다

김치국물 흐르는 깡통 도시락에
칠성사이다 한 병이 너무나 먹고팠던
어릴 적 소풍 길이
그래도 봄날이었다

쌀농사

배고팠던 어린 시절
쓰라린 기억에
무슨 일이 있어도 우리 다섯 식구
배고픔을 면하려고
논 네 마지기 장만하여
쌀농사를 지었다

우리 식구들도 배불리 먹고
질부 하는 행동이 예뻐
조카네도 한짝 주고
일산에 사시는 넉넉지 못한
둘째 매형도 한짝 주고
가까이 계시는
장모님은 반짝 주고 나니
세상 참 배불러 행복하다

유전

얼렁뚱땅 해도 국어는 으뜸
박터지게 하는 수학은 버금
고등학교 딸년의 성적이다
피[血]라는 것이 뭔지
품성, 습성, 식성도 모자라
공부까지 지애비 학창 시절 빼닮나
자식 공부 잘하고 못하는 것
학교 탓할 일 아니다
선생 탓할 일 아니다
다 내 탓이고
자식 탓이다

머물다 간 자리

참으로 오랜만에
옛날에 다녔던 회사를 갔다
낡은 책상도 그대로
의자도 그대로
책상 위 낙서도 그대로다
그때는 그다지 편치만은 않았던 자리
지금 앉아 보니 편안하다

종이컵에 일회용 커피 한잔 건네며
누구시냐고 경리 아가씨는 자꾸만 묻는다
이 자리에서 넉넉지 않은 월급으로
장가도 가고 애도 셋 낳고
그애들 분유도 사 먹인
옛날 총무부장 유영복이라 하니
이야기는 들었는지
그때야 웃으며 인사한다
웃는 미소가 아름답다

내가 머물다 떠난 자리가
경리 아가씨 미소만큼 아름다웠으면 좋겠다

제2부

탈랑

탈랑脫浪

세상 무거운 짐, 마음의 짐
모두 벗어 버리고
가벼운 바람에도 떠도는
민들레 홀씨처럼
술도 한잔 마시고
이곳저곳 떠돌며
가볍게 탈랑거리며 사노라면
인생은 시詩가 되고 낭만이 된다

거짓말

나는 거짓말을 밥 먹듯이 한다
아니 술 먹듯이 한다
오늘도 한잔술 생각에
이 세상에서 당신이 제일로 아름답고
제일로 사랑한다는 거짓말에
아내는 기분 좋게 소주 몇 병 값을 건네준다

마시니 알딸딸
으히히히히히히히히히히
기분이 참 좋다

그래도 조금은 미안한 마음에
하늘을 보고 나는 거짓말쟁이라고 고백하면
하늘은 그 정도 거짓말은 괜찮단다

하늘이 참 고맙다

비 내리는 밤

술좀 작작 마시라는 아내의 지청구쯤이야
자장가로 들으면서 잠이 들었다
빗소리 때문인지
아니면
어젯밤 너무 마신 탓에 목이 타서인지
아직은 이른 시간 잠에서 깨었다
굵어지는 빗줄기 모습이
어둠 속에서 소리로 보인다
참 좋은 밤이다
아내 지갑에서 해장술 한잔 값 훔치기에는……

행복

비 오는 날
몰래 아내 지갑에서
막걸리 한잔 값 훔치다 들켜서 혼났다
훔친 술값이 문제가 아니라
술 때문에 당신 건강이 걱정된다는 아내 말에
마음이 찡해져서
딱 한잔 안 하고는 눈물이 나올 것 같아
그래서 마셨다
으히히히히히히히히히히히
우헤헤헤헤헤헤헤헤헤헤헤
기분이 너무 좋다
빈대떡 부쳐 주는 아내와
함께 마시는 한잔술이…….

대화

당신 이젠 술 좀 적당히 들어요
그려

담배도 줄이고요
그려

건강하게 오래 살아야지요
그려

그럼 자요
그려

……
……

자요?
그려

자화상

땀 흘리지 않고 놀고 먹는
불한당不汗黨은
아직은 이른 저녁
이 골목 저 골목 술집을 찾는다
술집마다 한잔
취하기보다는 즐기는
자유여! 고독이여! 낭만이여!
자정이 넘었는지 안 넘었는지
하늘에는 마신 술잔만큼
별들은 빛나는데
내 눈동자는 자꾸만 희미해지고
비틀비틀 내일로 가는
어둠 속 길모퉁이에서
나는 보았다
어제 그 길을 그대로 가는
술 취한 모습의 나를…….

백수白手

직업이 없으니
명함도 없다
특별하게 하는 일도 없으니
특별하게 만나는 사람도 없다
빈둥빈둥 앞산에 올라
하루를 보내고
비라도 내리는 날에는
빈대떡에 막걸리가 반갑다
밤마다 술 취해 비틀거리며
어둠 속 내일로 사라지는 그림자
내일이란,
어제의 오늘처럼
흐르는 세월만을 의미하는 게 아니다

두 친구

오랫동안 함께했던 두 친구녀석
술과 담배
한창때는 두 녀석을 이기려고
똥고집 부리며
무던히 피우고 무던히 마셨다

어머니 뱃속 나이까지 하면
이제 내 나이도 쉰
힘 빠진 나를 비웃는 두 친구와
이제는 갈라서라는 아내의 성화에
그래도 자네보다 먼저 만난 친구들인데
그럴 수 있나 웃어넘기며
오랜 인연 끊을 수 없어
인생 함께 즐긴다

오늘도 가볍게 한잔 하고
뻐끔담배 한대통 하면
으히히히히히히히히히히히
기분 최고!!!

정우 막걸리

새벽 일찍 배달된
정우면 막걸리 해장 한잔에
시장기가 간다

정우면 사람들은
그렇게 시장기를 달래고
새벽 일찍 들에 나가 새참 때까지
바쁜 하루 농사일을 죽였다

정우면 양조장은,
가지고 갈 것만 돈 내면
거기서 마시는 것은
공짜란다
막걸리 맛 만큼이나
인심도 좋다

1,000원짜리 지폐 하나로도
정우면 막걸리 정에
흠뻑 취할 수 있는 오늘 하루가
참 행복하다

골초

쉬는 시간마다
담배를 피우기 위해
창가로 간다
폐는 건강할까?
내 속 나도 모른다
나보다 아내가 더 걱정이다
아내와 큰처형에게 끌려 병원에 갔다
폐 사진을 찍고
내시경 하나로 내 속을 들여다본
늙은 의사는 아직은 괜찮단다
다행이다
그래도 끊는 게 좋단다
아내하고 똑같은 잔소리다
차라리 폐가 다 망가져 버렸다고
셋이서 짜고 거짓말이라도 했으면
끊을 수 있을 텐데…….
멍청한 양반들이다

담배를 피우기 위해
또 창가로 간다
창으로 불어오는 바람이
시원하고 달다
나는 바람을 오염시키고
바람은 나를 정화시킨다

배려

몇 해 전,
아내가 일하는 회사에서 보내준
남편 초청 해외여행 길 마지막 날
스페인 바르셀로나
한인식당에서의 만찬 회식 자리
기독교 문화의 회사인지라
술은 생각도 말라는 아내의 다짐에
참말로 술은 생각도 안 했는데
술 좋아한다는 이야기는 들으셨는지
아무도 몰래 물처럼 마시라며
물병에 소주 두어 병 부어 웃으며 건네주던
메리케이 코리아 황명 전前 사장님
나 같은 술꾼에게는
이보다 더 큰 배려가 어데 있겠습니까
회사를 옮기셨다던데…….
한번 만나 소주 한잔 나누고 싶습니다

비틀거리는 세상

대낮 술 한잔이
남에게 손가락질 받을 만큼
그렇게 똑바로 선 세상입니까?

비틀거리는 세상 속에
나도 비틀거린다
논두렁에서 비틀
밭두렁에서 비틀
아스팔트에서 비틀
가로수도 비틀
전봇대도 비틀
9시 뉴스도 비틀
이놈 저놈 모두 비틀
그런데 세상은 나만 비틀거린단다
그래도 좋다
♪ 이풍진─ ♬ 세상을─ ♪ 마─안났으니
너의 ♪ 희망이 ♬ 무엇이냐아─
딸국!
딸국!

빨래

허구한 날
술에 찌든 내 모습인가
쭈글한 바지를
드럼세탁기는 채찍질하듯 세차다

따사로운 4월의 햇살은
빨랫줄에 널브러진 바짓가랭이로
한나절 모여들고 난 후

나의 조심스런 다림질은
새로운 삶을 펴기 위한
정녕,
반성과 회환의 몸짓일까

비틀거리는 예수

술에 비틀거리는 저녁
도시는
욕정을 숨긴 화려한 모텔과
탐욕으로 붉게 충혈된 십자가뿐이다
아직
불쌍한 어린양들은 많은데
십자가는 꿈적도 않는다
지친 예수님은 하룻밤 편히 쉴
가난한 교회가 없어
비틀비틀
이 골목 저 골목을 헤맨다

가난한 달동네 우리네 어머니들
새벽 노동일 나가는 아버지 아침을 위해
희미한 불빛 밝히는 새벽 그때서야
모텔과 십자가의 붉은 불빛이 사라진다

문상問喪

어제 고인이 된 지인은
한 다리 건넌 친구의 친구인지라
문상을 가도 무방
안 가도 무방인데
아침 일찍이
일산행 버스를 탄 까닭은…….

남의 가슴에 어깃장 한번 안 놓고
항상 허허허 웃는 오지랖 넓은 친구인지라
훗날,
저승에서 만날 때는
한 다리 안 건너고
친구의 친구가 아닌
그냥 내 친구로 만나기 위함이다

정情다방 정丁 마담

아! 글씨 영보가!
읍내 정情다방 정丁 마담 그 써글녀니
줄똥 말똥 애태우며
조아헌다구 히서
2백만 원 줬더니
도망가 버려 환장換腸허것다

지랄 염병허구 자빠졌네
에라이 미친노마!
조아헐 걸 조아해야지
돈은 아깝지만 어떡허냐
술이나 뒤지게 처머거라

영역領域

들기 좋은 말로 명퇴지
30년 가까이 지켜온 내 영역을
강제로 쫓겨난 날
죽을 만큼,
아니 죽지 않을 만큼 술을 마시고
엉금엉금 기어서 집에 가다가
옆집 그 녀석처럼 전봇대에 실례를 하는데
진짜 그 녀석이 나타나
여기마저 자기 영역이라고
빤히 바라보면서
뒷발 하나를 들고
찔끔찔끔 오줌을 갈긴다
이 개새끼가

박 사장

20년 전 내 돈 2천만 원 떼먹은
주유소 박 사장은 망했다는데
지금 어디서 어떻게 사는지

잘산다는 이야기가
들리지 않는 걸 보면
욕심이란 허당이다

아깝지만 내 돈 안 갚아도 괜찮으니
잘이나 살았으면 좋겠다

올겨울은 유난히 더 춥다는데…….

분향소

속초 의료원 장례식장 분향소는
내 사는 지역과 달리 네 개의 분향소가
칸막이도 없이 나란히 있다

제1분향소 劉生家유생가
재당숙은 음력으로 정월 초하루 다음 날
기어코 백수白壽를 채우시고 가셔서
울음소리가 거의 없다
오래 살면 슬픔도 사라지나 보다
간간이 웃음소리가 들리고
오는 사람마다 술을 권하다
영락없는 잔치집이다

제2분향소 長生家장생가
어찌어찌 사연으로 젊은 사람의 요절인지
부인인 듯한 사람의 울음소리가 너무 슬프다
철모르고 뛰어노는 어린 남매를 보니 눈물이 난다
오는 사람마다 슬픈 울음뿐이다
영락없는 초상집이다

제3분향소 朴生家박생가
더도 아니고 덜도 아니고
제때 가셨는지 아이고— 아이고—
곡소리가 점잖하다

오는 사람들도 별 말이 없다
영락없는 장례식장이다

망자에 따라 슬픔이 크기도 하고 작기도 하나 보다

제4분향소 無生家무생가
아직은 주인 없는 자리
누가 올까 궁금하다
이차저차 해서 늦는 걸까
누군가 때가 되면 오겠지
올 때까지 내가 망자가 되어 본다

실신하는 어머니
오열하는 아내와 훌쩍거리는 아이들
정승네 개 죽으면 손님이 많고
정승이 죽으면 손님이 없다는데
함께 술 마시던 친구 누구누구 안 보이고
부모에 장인 장모 문상에다
개업식까지 찾아 부조했던 아무개도 안 보인다

내가 잘못 살았나 화가 나서
상주에게 술을 권했다
미치도록 내가 취하고 싶어서……

참새와 허수아비

저 앞산 낮은 능선 너머로
참새가 사라져 간 이후로는
벌판의 허수아비도 사라졌다

미움을 미워하지 말자
미움을 미워하지 말자
미움의 대상이 사라지면
자신 또한 사라지는 것

사랑하고 또 사랑하자
이 세상 모든 미워하는 것들을…….

발가벗고 싶다

눈바람 몰아치는 추운 겨울날
봄부터 가을까지 영양을 공급해 준 대지를
덮어 주기 위해 발가벗은 나무

춥고 가난한 사람을 위해
발가벗지도 못한 나는
발가벗은 나무보다도 더 부끄러울까

버릴 것들

늦가을 낙엽 떨구는 나무에서
버릴 것을 아낌없이 버릴 줄 아는
작은 지혜를 배웠습니다
버린다는 것은 잃는다는 것만을
의미하지 않습니다
가진 것이 없기에 버릴 것도 없는데
마음이 무겁습니다
버릴 것이 없는지
오늘 하루
또 생각해 봅니다
마음이 탈랑 가벼워집니다

피라미드

사막 한가운데서 바라본 피라미드
인간의 욕망이 오랜 세월 지나면
이토록 거대한 대자연이 될 수 있을까

저 거대한 돌덩이 하나 만도 못한
나의 작은 몸뚱이
나의 작은 욕망
그 누가 알아줄까
숨길 것도 없는 이 작은 몸뚱이마저
너무 부끄러워 숨기고 싶다

그래서
그래서
그냥 웃고
그냥 참고
그냥 그렇게 없는 듯 살아갈 것이다
아주 보잘것없는 내 모습
저 거대한 돌덩이는
거들떠보지도 않기에
나만 내 자신이 부끄러워
숨어서 바라본다
저 거대한 돌무덤을
끝없는 경외심으로…….

유산遺産

이 세상 떠나가는 날
행복하게 해 준 내 딸들에게
내가 산 모든 날을
하루에 1원씩 계산해서
3만 6천 5백 원*을 유산으로 남겨 주마
누구 주었느냐 묻지 마라
적다고 원망마라
대신,
아빠가 가장 소중히 여겼던 하늘을
모두 줄 테니까

* 1원×365일×100년 = 36,500원

부정父精

나는 교회를 다니지 않는다
종교가 없다
굳이 하나를 택하라면 불교인데도
크리스마스 날 만큼은 좋아한다

열두어 살 때쯤,
면소재지에 하나밖에 없던 교회에서
빵과 우유를 배불리 얻어먹었던
크리스마스 날을 좋아한다

군대 쫄따구 시절,
점호시간에 얼차려가 무서워
군종병 따라 교회에 나가 농땡이 쳤던
크리스마스 날을 좋아한다

작으나마 예수님의 축복과 은혜를 입고도
교회에 나가지 않아서 조금은 미안해
내 자식들은 교회에 보낸다

나는 주님의 은총이 없어도 괜찮으니
내 딸들에게는 주님의 은총을 주시기를……

새장 감옥

새장 속의 새는 미치도록 웁니다
너무나 가엾고 불쌍해
가족 모두 여행을 떠난 어느 날
혼자 남겨진 소아마비 꼬마 소녀는
새를 날려 보냈지만
새는 날지 못하고
아파트 아래로 곤두박질쳐 죽었습니다

원래 날갯짓을 배우지도 못한 채 갇혀 버렸는지
아니면 너무 오랫동안 갇혀 있어
날갯짓을 잃어버렸는지 모릅니다

그날 밤 소녀는 새와 함께 하늘로 훨훨 날아가는
꿈을 꾸었습니다

군대 軍隊

있는 집 새끼들은 안 갈려구 지랄하는 곳을
없는 집 자식들은 오지 말래두 보내야 한다
한 번에 두 아들 등록금을
감당할 수 없어서—

첫째놈 군대 보내고 나서
둘째놈 대학 입학시키고
둘째놈 군대 보내고 나서
첫째놈 대학 졸업시키고

그런데 두 아들은 병무청 실수로
남 대신 군대 갔다 왔다고
다시 군대에 가는 꿈을
자꾸만 꾼단다

용산참사龍山慘事

어떤 구제받지 못할 원죄이길래
불나방은 밤마다 어둠으로 나타나
뜨거운 불속으로 뛰어들어 몸을 불사르는 걸까

없는 자들의 세상에 대한
자학自虐일까 반항反抗일까
아니면
있는 자들의 세상에 대한
열망熱望일까 동경憧憬일까

세상 속에서 못 받은 관심
망루望樓 속에서 받으며
이천구년 일월 어느 날
그들은 그렇게 몸을 불살랐습니다

어쩌구저쩌구

4대강이 어쩌구저쩌구
학교 무상급식이 어쩌구저쩌구
똑같이 나라와 국민을 위한다는데
왜 위정자爲政者들만 생각이 다를까
생각만 하면 억장億丈이 무너진다

걷기

약 300만 년 전
오스트랄로 피테쿠스로부터
시작된 두 발로 걷기를
나는 지금도 걷는다
그 길이
굽이굽이 물길 따라 굽이굽이 굽잇길이면 더 좋다

때로는 아무 생각없이
있는 시간만큼
때로는 이런저런 생각으로
돌아올만큼만 걷는
그 굽이굽이 물길과 굽잇길을
아무 생각도 없는 사람들은
똑바로 펴기 위해 오늘도 삽질이다

잘은 모르지만
내 생각으로는
그냥 그대로 놔두는 게 좋을 것 같은데

뭐 그렇다는 얘기다

붕어빵

술에 취한 추운 겨울밤
아직 아들 수업료가
마련 안 된는지
집에 들어가지 않은
붕어빵 아주머니
주머니에는 달랑 3천 원
택시를 타려다
붕어빵을 샀다
덤으로 하나 더 주시는 아주머니
따뜻한 붕어빵으로
차가운 손도 녹이고
허한 뱃속도 채웠다
한참을 걷다 뒤돌아보니
저만치서 손 흔드는 아주머니
소복소복 내리는 눈 속에
어머니 같은 누님이 보인다
아직도 따뜻한 붕어빵

내일은 있는 걸까

열린 창문틈, 한일一字로
길게 들어온 아침 햇살에
어둠은,
밝은 데서는 안 보이려는 듯
슬금슬금 어데로 도망가는지
그렇게 오늘이 오는 것을…….
어둠은 골목길 돌아
내 침실로 다시 돌아오면
그렇게 오늘이 가는 것을…….
그리고 밤, 자고나면
오늘, 오늘, 또 오늘인 것을…….
내게 정녕 내일은 없는 걸까
하기야,
설령 내일이 온다 한들
뭐가 그리 대수로운데?

달

구름 속의 달 같은 인생이고 싶다
밝음이 지나치다 싶으면 스스로 작아지는
어둠 속에서만 세상을 밝혀 주는
그런 달 같은 인생이고 싶다

밝음을 주되 눈부시지 않고
한 하늘 태양에게 부딪치지 않으려
밤에만 나타나
그냥 2인자로 고요히 세상을 밝혀 주는
그런 달 같은 인생이고 싶다

명예 가장

김 회장님! 이 회장님! 박 회장님!
고스톱 판에서도 술자리 판에서도
온통 흔해 빠진 회장님뿐이다
인구 10만이 조금 넘는
내가 사는 농촌도시에
크고 작은 모임이 3,000여 개가 넘다 보니
1년에 3,000여 명의 회장님이 배출된다
어줍잖은 회장 한번 하고 나서
평생을 회장으로 사는 사람들은
서로를 회장님으로 부르며 깍듯한 예우다

나에게 이 세상 감투라고는
오직 하나 가장뿐이다
그것도 벌이가 없어
체면도 서질 않는
허울뿐인 명예 가장 말이다

싫은 이유

긴 생머리에
늘씬한 다리
하이힐을 신고
또각또각
페이브먼트 위를
걸어가는
아름다운 아가씨가
달마시안을 데리고
엘리베이터를 탄다
싫다

너의 이름

너의 이름 1

내 한 잔의 독한 술잔 속에
내 사무실 화장실 벽에
내 한 장의 낙서장 위에
내 고독한 빈 가슴속에
나는 쓴다
너의 이름을

꽃 피고 지고 눈 내리는 계절 위에
어제 오늘 그리고 내일의 시간 위에
나의 앞에 뒤에 옆에 위에
내 주위의 모든 사람들의 가슴속에
나는 쓴다
너의 이름을

아— 들으라
너를 사랑하는 사람의 이야기를
친구들에게 따돌림받고
너를 애타게 부르고 있는 것을
야속하게 몰라주는 이 세상에
더 이상 울 수가 없을 때
나는 쓴다
너의 이름을

[바다]
[바다]
[바다]라고…….

너의 이름 2

저문 듯 흐린 하늘에
아무런 연습 없이는
참을 수 없는 눈물로
나는 쓴다
너의 이름을…….

잊고 산 날보다
잊으려고 몸부림치던 날이
더 많았던
그립고도 슬픈 너의 이름을

[바다]
[바다]
[바다]라고…….

너의 이름 3

죄인처럼 행여 들킬세라
부를 수 없는 너의 이름
그때도 그랬듯이 지금도 그립다

새벽 베개 밑까지 적셔 오는 파도 소리
아내가 알까 봐
흠칫 뒤척이듯 등돌리며 돌아누워
아내 몰래 가슴으로 불러 보는
너의 이름

[바다]
[바다]
[바다]

석류

여름이 돌아서는 담모퉁이 돌면
어릴 적 추억에
찢어질 듯한 아픔을 토해 내는 석류알

소꿉장난
엄마하던 숙이는 깨금발로 석류 따서
아빠하던 내게 주고
진짜 엄마한테 야단맞고
눈물 글썽 울다 울다
서울로 이사 갔다

여름이 돌아서는 담모퉁이 돌면
어릴 적 그 석류나무에
시리도록 아픈 꼬마 엄마 추억만이
단향기 되어 머금는다

하얀 도화지

널 처음 보았을 때
창백한 너의 얼굴은
하얀 도화지

나는 그림을 그렸다
비가 와도 눈이 와도
꽃이 피고 낙엽이 져도
"사랑"이란 제목으로
오랫동안 그렸다

그러나
그러나
그림은 완성되지 못했다
그만 떠나 버렸기에…….

한참이 흐른 후에
나는 다시 그림을 그렸다
찢겨진 마음속 도화지에
"그리움"으로 제목만 바꾸고
오랫동안 그렸다

첫눈

요맘때면
첫눈이 어김없이 내린다
첫눈은 모든 사람에게
허투루 내리지 않는다
첫눈은
인연이고 만남이고
추억이고 기다림이다
첫사랑 소녀가 살고 있는
의정부 어덴가에도
첫눈은 내릴까
내 마음속에는
한여름에도 첫눈이 내리는데…….

이별 금지 1

이미 헤어지는데 익숙해진 우리들의 세상에는
결코 아름다운 이별이란 없습니다

아름다운 이별이란
아름다운 만남에 대한 추억일 뿐이고
너무나 슬픈 이별에 대한 착각일 뿐입니다

이별 없는 세상이 아름다운 세상이고
이별 없는 사람이 아름다운 사람입니다

그런 세상에서 그런 사람과
살고 싶습니다

이별 금지 2

남아 있는 사람에게만 남아 있는
떠나 버린 사람에 대한 슬픔
그 지독한 슬픔을 알기에
이 세상 떠나가는 그날까지
아직은
그 누구에게나
먼저
떠나가 버리는 사람이 되지 않겠습니다

엽서

아직도 외롭다고
정말로 외롭다고
죽는 그 순간까지도
하고 싶었던 말을 적은 엽서를
어데 사는지도 모를
첫사랑 소녀에게
주소도 없이
사람이 제일 많은 곳에 살지 않을까
도시 한가운데 있는 우체통에 넣으면
더 큰 외로움이 되어
습관처럼 되돌아온다

이제는 잊었노라고
정말로 잊었노라고
죽는 그 순간까지도
할 수 없었던 말을 적은 엽서를
어릴 적 사랑을 꿈꾸며 함께 걸었던
고향 시골길 그곳에서
가장 가까운 우체통에 넣었다

이제는 영영 되돌아오지 못하도록
내 주소도 적지 않은 채……

아름다운 사람들

가슴속에 슬픔을 간직했던 사람들은
남의 슬픔에 먼저 눈물 흘립니다
그러기에 슬픈 사람들은 아름답습니다

가슴속에 가난을 간직했던 사람들은
남의 가난에 먼저 아픔을 가집니다
그러기에 가난한 사람들은 아름답습니다

신년 문자

참 좋은 사람에게
참 좋은 일만 생기는
참 좋은 한해가 되었으면
참 좋겠습니다♣♧♣

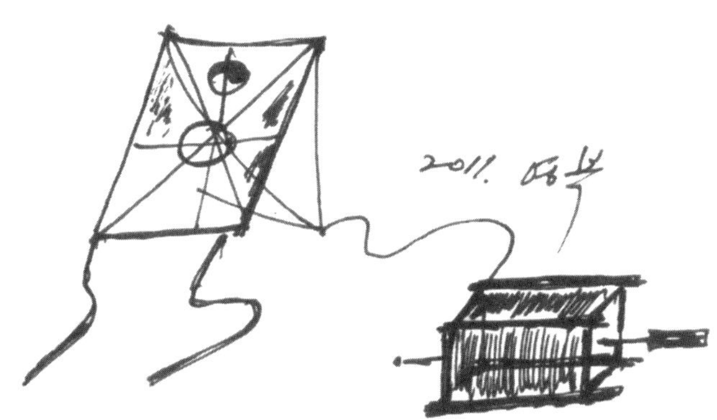

바다 1

오를 수 없는 그리움에
하늘을 마음속에 품었는지
바다는 하늘처럼 파랗습니다

만날 수 없는 그리움에
멍든 상처 가슴속에 품었는지
가슴속은 바다처럼 파랗습니다

바다 2

머—언 바다를 바라보는 사람은
오래전 떠나 버린 사람을
그리워하는 사람입니다

가까운 바다를 바라보는 사람은
지금 곁에 있는 사람을
그리워하는 사람입니다

떠나 버린 사람도 곁에 있는 사람도
모두 소중하고 아름답습니다

만남

그
누군가를
사랑하기
위해서
만나지
말자

그
누군가를
만나기
위해서
사랑을
하자

마주보기

그리움만 가슴속에 남기고 떠난 사람
언젠가 한번쯤 재회할 수 있다면
밤하늘 별을 보며 마주앉아
밤새 술잔을 나누고 싶다

나는 너의 동공 속에서
너는 나의 동공 속에서
함께 비틀거리며 쓰러져 가는
별을 보고 싶다

내장산 단풍 1

초등학교 때
내 짝꿍 여자아이 만큼이나 고운 단풍
때이른 서리에도 마음 상한데
눈이 내리면 어이할까나
바람이 불면 어이할까나

내장산 단풍 2

빨갛게 불타는 내장산 단풍
불구경하는 사람들
저 사람은 본 듯한 사람인데
내 인사에 그냥 웃기만 한 걸 보니
모르는 사람이다
저 사람은 아는 사람인데
통 기억나지 않는다
그냥 인사도 안 했다
불구경에 넋나간 사람들
나는 단풍보다 사람들 구경에
넋이 빠졌다
단풍이야 가까이 살아
매년 볼 수 있는 복에 겨워서…….

내장산 단풍 3

곱게 물든 단풍이 지독히 좋아
써래봉에 오르다 말고 주저앉아
동동주만 마셨다
술벗 삼을 아가씨라도
아니,
이 나이에 아가씨는 고사하고 그냥 주모라도
곁에 있었으면 하는 실없는 생각에
수줍은 새악시 같은 고운 단풍잎 하나
술잔에 떨어져
동동주에 거나해진 내 얼굴도
단풍잎처럼 붉게 물들어 간다

그리움

이른 새벽
찬서리 내리는 하늘에
외톨이 새 한 마리 홀로 날 때면
그 눈가가 그립습니다
더욱더 그립습니다
죽도록 그립습니다

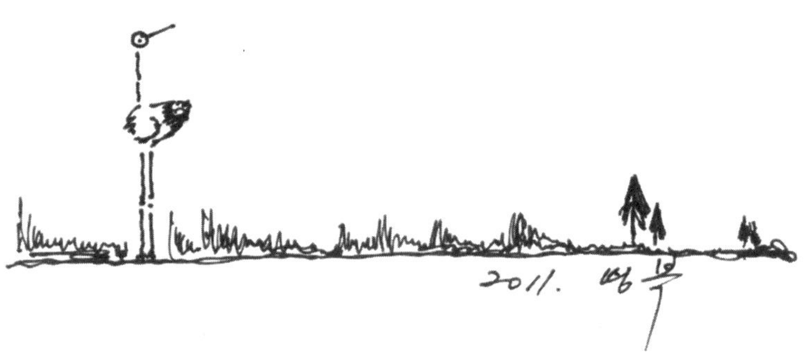

그곳

가다 보면 무심코 발길 닿는 그곳
바람 같은 사랑은
머물다 떠난 흔적도 없고
그때 그 아픔만이
언듯 녹는 눈 속에
들꽃처럼 피어난다

지난 세월 만큼 또 지났는데도
아직도 떠나지 못하고 방황하는
내 발자국
얼만큼 더 지나야만
바람처럼 떠나갈 수 있을까

떠나 버린 사랑이 언젠가 한번쯤은
바람처럼 찾을지도 모를
이곳을…….

강물

어둠 속에서
보이지 않게 흐르는 것은
강물만이 아니다

밝음 속에서도
보이지 않게 흐르는 것이 강물이다
제자리걸음처럼
가는 둥 마는 둥
빠르게 흘러간다

세월도 그렇게 흘러간다

마라톤

인생은 마라톤
어릴 적에는
동무들과 아무것도 모르고
철부지처럼 달렸다
재미있었다
학생 때는
친한 짝꿍과
성적을 놓고 다투었다
추억이었다
직장에서는
동기들과 경쟁했다
너무 힘들었다

내 나이 벌써 쉰 반환점이다
이젠 달리지 않으리다
함께 가는 사람과 막걸리도 한잔 하고
이곳저곳 해찰도 하다가
물 흐르는 강둑에서
한숨 자고도 가야겠다
그냥 걷다 쉬다 싸복싸복
그렇게 끝까지 가고 싶다
그런 인생도 인생이니까

속도

10대에는 시속 10km
20대에는 시속 20km
30대에는 시속 30km
40대에는 시속 40km
50대에는 시속 50km
60대에는 시속 60km
70대에는 시속 70km
80대에는 시속 80km
90대에는 시속 90km
100대에는 시속 100km

아—
나이 들수록 빨라지는 삶의 속도

여로旅路

이 세상,
어데서 왔다
어데로 가는 여행길일까
어데로 가는지도 모를 이 길을
왜 자꾸만 걸어가야 할까
내 길이 아닐까
가끔은 망설이다
다시 가는 이 여행길 끝에
이정표처럼 서 있는 비석 하나

〈江陵劉公永福之墓〉
〈강릉유공영복지묘〉